Un día de lluvia

Víctor Rey

ISBN-10:0692140190
ISBN-13:978-0692140192

Para Pía, mi querida hija y la fuente de inspiración en la escritura de esta novela. Gracias a Dios solo fue un sueño, más bien una horrible pesadilla, pero fue tan real que, al despertar, pude sentir la angustia causada por una verdadera tragedia.

CONTENIDO

Víctor Rey

Agradezco a mi esposa e hijas por su
incondicional apoyo y
cooperación en la escritura de esta novela; sin
ellas, no lo habría hecho con tanto entusiasmo.
También agradezco la
participación de Sandra Bosque desde Madrid, y
Eduardo Guerrero y Carmen María Swinburn
desde Santiago de Chile.

CAPÍTULO 1

— ¿Cuánto falta para llegar, papi?

— Menos de una hora, hija.

— ¿No le temes a la lluvia, papi?

— No, no le temo, más bien me gusta.

Azotados por una agresiva tormenta, conducíamos rumbo al norte. La presencia de la torrencial lluvia, los truenos y los relámpagos, suponían un peligro evidente en nuestro viaje, pero en ese momento nosotros no lo veíamos así. No obstante, nuestra confianza no perduraría. No después de que las horas transcurriesen y el destino descargara en nuestras vidas un ataque devastador. Mi nombre es Álex Palermo, y, en realidad, había sido mi idea: me pareció apasionante viajar a la ciudad de San Francisco desafiando la tormenta, y en la bella ciudad portuaria celebrar mi cumpleaños. Por cierto que mi esposa Romina y mi hija de cuatro años, Linda, habían consentido mi capricho; después de todo era mi cumpleaños. Aun así debo confesar que, también por sorprender a nuestra hija habíamos decidido realizar semejante fantasía. Imaginamos que el viaje sería más fascinante para Linda debido a la tempestad, y nuestra osadía al conducir a través de la misma.

Más tarde la locura invadía el interior de nuestro vehículo: Romina cantaba, Linda gritaba y yo reía, o viceversa. Disfrutábamos del instante, en el que reinaba una euforia colectiva, y de forma ingenua revelábamos nuestra felicidad, privilegio del cual yo no siempre había podido disfrutar. Solo después de contraer matrimonio con Romina y ver nacer a Linda, la magia se hizo presente.

No recuerdo mejores tiempos en el pasado, y menos durante esa oscura y traumática etapa previa, la que dejó secuelas que por aquel entonces aún no habían cicatrizado por completo.

El reloj marcaba las nueve de la noche. Entre la desencadenada lluvia y la escasa visibilidad, un convoy de vehículos militares apareció en la dirección contraria; su súbita presencia me indujo a hacer un giro brusco hacia mi derecha, y sin poder evitarlo me salí de la carretera.

— ¡Álex, cuidado! —gritó Romina.

Mientras percibía con espanto cómo mi automóvil se deslizaba sin control por el lodo, veía una de esas nefastas imágenes relacionadas a mi pasado que se me presentaban de vez en cuando. Luego una ágil maniobra me permitió retomar la ruta, y segundos más tarde vi en el espejo retrovisor cómo el convoy se alejaba.

— ¡Santo Dios, Álex! ¿Estás bien? —exclamó Romina.

—Sí, estoy bien, es solo esta tormenta.

— ¡Papi! ¿Qué ha sucedido?

—No es nada, hija, es solo esta tormenta —repetí, abrumado. Buscaremos dónde hospedarnos esta noche y mañana seguiremos.

Romina me miraba, parecía preocupada y su preocupación se justificaba: ella conocía parte de mi lado sombrío.

Un día de lluvia

CAPÍTULO 2

El regreso a casa no fue el antídoto para superar el trauma ocasionado por la guerra. Tampoco lo fue recurrir al consumo de drogas y alcohol, que más bien me habían hecho perder gradualmente mi dignidad mientras mi adicción se intensificaba. Así transcurrió el tiempo, y un día, persuadido con insistencia por mis padres, firmé el contrato fundamental: por los siguientes siete meses permanecería recluido en un centro de rehabilitación en el desierto de Arizona. El programa pareció resultar exitoso en un principio, pero no fue del todo así: sufrí algunas recaídas y tuve que regresar al centro.

Al fin, mis ansias por volver a ser yo me permitieron superar la terrible experiencia.

Después el destino me sorprendió con un valioso obsequio. En un hermoso día de primavera contraje matrimonio con Romina, mi novia de los tiempos de escuela, mi verdadera alma gemela, a quien, tras perder debido a mis descalabros anteriores, había logrado reconquistar. Luego llegó Linda, y fruto de esos dos grandes acontecimientos una buena parte de mi infortunio quedó atrás. No así el trauma ocasionado por la guerra, ni los espectros provenientes de la misma que desde entonces me acechaban.

Seguido al incidente en la carretera, pernoctamos en un acogedor motelito que parecía a punto de ser derrumbado por la tormenta. A la mañana siguiente fuimos a desayunar al popular restaurante "El Pelícano", en la calle Presidio. El exitoso restaurante se ubicaba sobre una pronunciada colina, en un famoso sector de la ciudad frecuentado por numerosos turistas. Desde ese punto se apreciaba una bella vista de la bahía de San Francisco y sus alrededores.

Era 15 de agosto del año 2009, y yo cumplía cuarenta y un años.

Seguido a desayunar, Romina y Linda me guardaban una sorpresa. Lo intuí desde el momento en que entramos al restaurante, que exhibía un elegante piano de cola en su centro. Confirmé mi presentimiento cuando la pianista y cantante del establecimiento me dedicó mi canción favorita: *My Love*, por ser el día de mi cumpleaños.

La dedicación fue muy emotiva. A continuación, Romina y Linda me entregaron mis regalos y una tarjeta escrita por ambas que decía:

"Deseamos que este sea el día más feliz de tu vida. Tu esposa y tu hija que te aman".

Quizás sí era el día más feliz de mi vida. Quizás.

Al salir del restaurante caminamos hasta la plazoleta Presidio y nos sentamos en un banco del lugar. Ahí abrí mis regalos. Linda me regaló una preciosa billetera elaborada con un exótico material que imitaba la piel de un lagarto, y Romina, un reloj japonés que habíamos visto juntos en la tienda. Al percatarse de que me había fascinado, volvió más tarde a comprarlo.

Hasta entonces, la idea de ir a celebrar mi cumpleaños a la ciudad de San Francisco nos reconfortaba.

—Me encantan los cumpleaños —dijo Linda—. Me encantan los cumpleaños porque entonces todos nos amamos hasta las estrellas más brillantes que brillan en el cielo cada noche.

Sin duda, la percepción de mi hija hacia su mundo era muy conmovedora. Por cierto, parte de la misma estaba inspirada en la letra de mi canción favorita: *My Love*, la canción que la pianista del restaurante me había dedicado a petición de Linda y Romina media hora atrás.

A pesar del clima inhóspito de esa mañana, Romina y yo disfrutábamos de la panorámica vista y de nuestra amena conversación. Linda jugaba alejada de nosotros. Era propio de mi hija aventurarse hasta preocuparnos, pero, como siempre, seguíamos cada uno de sus movimientos con nuestra vista. En ese momento, estaba subida sobre una baranda de metal que dividía los límites de la plazoleta. La distinguía con facilidad por su reluciente mochilita Disney color rosa, que portaba sobre su espalda desde el día en que se la regalamos. El viento proveniente de la bahía comenzaba a soplar partículas de una débil llovizna, la cual anunciaba la continuación de la lluvia. Favorablemente, los bancos de la plazoleta y el área de la baranda donde Linda jugaba se cubrían por un techo estilo pagoda; que, suponía protegernos de la lluvia que parecía avecinarse.

—Este día gris de triste apariencia no opaca mí estado de ánimo —comenté inspirado—. Aún me siento muy feliz. Me alucina la vista, el olor a mar… la enigmática tranquilidad que ofrece el entorno, y que también me intriga. Me siento muy feliz por tenerlas, y deleitarme con su compañía; me siento como si celebráramos un año más de la existencia de nuestro amor en lugar de mi cumpleaños. En este día gris de triste apariencia todo parece suceder en harmonía.

—Tu apreciación es muy romántica, Álex. —Replicó Romina risueña—. Sin embargo, esas nubes me inquietan.

Como había sospechado Romina, la breve tregua meteorológica no iba a perdurar, y la lluvia se volvía más intensa a cada minuto que pasaba, por el momento, persuadí a Linda para que permaneciese en el mismo lugar. El inoportuno clima no impedía que otros turistas merodearan por la zona. También se distinguía a paseantes locales, e incluso algunos trabajadores de la ciudad. Todos esperábamos a que la lluvia cesara para continuar con nuestros planes, pero, por lo pronto, la lluvia no cesaría. Peor aún, adyacente a la tormenta, una tragedia se aproximaba.

CAPÍTULO 3

Un repentino estruendo sacudía nuestro banco en la plazoleta y todo alrededor. Romina se arrimó a mi brazo y nos miramos alarmados. Tan pronto dirigimos nuestra vista hacia el origen del alterante ruido nos enteramos de una espantosa contingencia: un gigantesco tanque con agua había colapsado. El tanque abastecía de agua a una destiladora de cerveza contigua al restaurante El Pelícano. Las torrenciales lluvias habían barrido el subsuelo sobre el cual reposaban los apoyos del tanque, permitiendo que el colosal recipiente, con miles de galones de agua, se desplomara. De inmediato identificamos el peligro. La destiladora se ubicaba cerca y a mayor altura de la plazoleta, por lo que una enorme ola de agua se nos hacercaba con impresionante rapidez. La gente comenzó a gritar y a correr. Romina y yo reaccionamos y nos levantamos del banco. Miré a Linda, que aún permanecía sobre la baranda de metal. Mi hija se aferraba con vigor a los tubos cilíndricos y parecía aterrada por la conmoción. Por acción instintiva corrí hacia ella, mientras Romina me seguía. En segundos la gran ola de agua azotaría a mi hija, y tras deducir que no llegaría a tiempo hasta ella, le gritaba con toda la capacidad de mis pulmones:

— ¡Linda, sujétate de la baranda! ¡Sujétate con fuerza!

Desafortunadamente, mi acción frenética por socorrer a mi hija era insuficiente: Linda fue barrida por el violento torrente de agua, y arrastrada por la superficie de la plazoleta. Igual suerte corrimos numerosos de los presentes, incluyendo a Romina, que estaba más atrás. El agua nos empujaba hasta arrojarnos sobre la calle Presidio, y a pesar de la brutal envestida y el desconcierto, yo aún atinaba a alcanzar a Linda, que gritaba horrorizada desde más adelante. Apenas la veía emerger sobre el torrente de forma discontinua, mientras se la llevaba. También escuchaba los angustiosos gritos de Romina. Tan pronto se desparramó la inmensa ola de agua sobre la superficie de la calle logré ponerme en mis pies. El poderoso torrente todavía me inducía a perder mi estabilidad, pero sin vacilar, con inmensurable dificultad reemprendí mi carrera detrás de Linda. Ahora el raudal solo fluía por la orilla de la calle, fortalecido por la lluvia, que, de repente, se había vuelto torrencial.

Ese monstruo arbitrario arrastraba a mi pequeña como si fuese un barquito de papel.

— ¡Papi, papi, ayúdame papi! — Linda gritaba, irrumpida por el terror.

Pero yo estaba a pocos pies de alcanzarla No obstante, pronto me percaté de otra siniestra situación: más adelante, un drenaje succionaba gran parte del agua que fluía a través de la calle, como también a todo lo que flotaba sobre el torrente. Si no alcanzaba pronto a mi hija, sería tragada por el desagüe callejero. Romina aún corría más atrás, y también identificaba la cercana trampa mortal, por lo que me gritaba histérica:

— ¡Álex, no la dejes ir! ¡No la dejes ir!

Me impulsé con violencia y salté sobre Linda logrando agarrar su mochilita Disney. En seguida, una vez más, Linda y yo éramos arrastrados por el poderoso torrente de agua salvaje grisácea y, a la velocidad de un vote a motor, nos dirigíamos hacia la horrible boca rectangular de hormigón de ese espantoso drenaje, con la que colisionamos en segundos. Mi hija penetraba en el drenaje, y yo, en el brutal encuentro con la sección superior del mismo recibía un severo golpe en la frente. Pero, por nada en el mundo soltaría la mochilita adherida a mi más querido ser. Mi cuerpo, de mayor tamaño, quedó atascado entre dos barras metálicas incrustadas en la boca de cemento y, mientras era revolcado por la corriente de agua iracunda y ondulante que me cubría y descubría, me ahogaba por episodios. Pero no soltaba la mochilita de Linda.

Pronto llegaba Romina. Gritando y llorando se unía al intento de rescate, se arrojó desesperada sobre la boca del drenaje junto a mí y se introdujo en el condenado remolino que aún tragaba agua de forma monstruosa y nos seguía ahogando. Romina también era sacudida por el agresivo torrente sin piedad. Después de su brutal aporte, retiró su cabeza del hueco exhalando agua, aire y una estridente manifestación:

— ¡La tengo, la tengo!

Romina había agarrado otra de las pretinas de la mochilita. Pero nuestro extraordinario atrevimiento no exceptuó el trágico desenlace.

En el instante que extraíamos a Linda del orificio, el pequeño cuerpo de nuestra hija se desprendió de su mochilita y penetró por el desagüe como si fuese de jabón. Desde el interior de la tétrica caverna oímos un último y perturbador grito de Linda mientras era tragada.

Tras retirar la mochilita sin su dueña, Romina y yo enloquecimos, y descontrolados procuramos introducirnos en el drenaje una vez más, pero la angosta cavidad y las barras metálicas que la resguardaban frenaban nuestro acceso. A pesar del arranque que brotaba de nuestro trastorno, apenas lográbamos embutir nuestras cabezas, sin poder ver a nuestra hija. La reacción instintiva nos indujo a quedar atrapados entre el hueco y las barras metálicas, y que la abundante agua que todavía fluía nos empezara a asfixiar. Alguien me tomó de mis piernas y me retiró de la cavidad del drenaje. Segundos antes, alguien más había procedido igual con Romina. Un par de trabajadores de la ciudad evitaban así que nos ahogáramos. Deshecho por lo atroz de la reciente desgracia, no pude reaccionar. Romina gritaba y pateaba tratando de soltarse del sujeto que la envolvía con sus brazos imposibilitándola a actuar.

Tan pronto recuperé mi lucidez, vi frente a mí a otros dos sujetos que pretendían calmarme recurriendo a la elocuencia.

— ¡Linda, Linda! ¡Oh Dios, Linda! — exclamaba fuera de juicio.

Intenté introducirme en el drenaje una vez más, pero los dos individuos que antes me hablaban afablemente me impedían hacerlo. Sin escuchar sus gentiles palabras, entre gritos, llanto y esfuerzos en vano, les suplicaba:

— ¡Por favor, señores! Mi hija ha sido tragada por el drenaje. ¡Ayúdenme a sacarla de ahí! ¡Por favor, ayúdenme!

Transcurrieron algunos minutos, y, con admirable rapidez, llegó un equipo de rescatistas profesionales. Romina y yo continuábamos gritando y forcejeando para soltarnos, pero pronto entre todos ellos nos retenían.

Víctor Rey

CAPÍTULO 4

Un tipo que parecía tener mayor jerarquía dentro del equipo de rescate se acercó y me miró con una expresión compasiva. Luego, con el propósito de calmarme, puso su mano sobre mi hombro. Otro rescatista se arrojó al suelo junto al drenaje e introdujo su cabeza por la cavidad. Ya no fluía tanta agua hacia el conducto, pero aún el rescatista era cubierto interrumpidamente por el entonces más débil riachuelo. Después de alumbrar el interior, el profesional se levantó respirando agitado y manifestó:

— ¡El agua que se escurre por este desagüe cae a un canal interno que fluye hasta salir por el otro lado de esa colina!

Mostrando gran apuro, el superior se dirigió a mí:

—Señor, mi nombre es John Patton. Soy el supervisor del equipo de rescates. Comprendo su desesperación, pero en este preciso instante debemos actuar con total sensatez. Ya nada podemos hacer desde aquí, puesto que no tenemos acceso al canal. Debemos operar desde otro ángulo, y rápido. Este canal se escurre a través de un túnel por dentro de esa colina y reaparece por el otro lado de la misma. Me comunicaré con otra división de nuestro equipo y solicitaré la asistencia de un helicóptero en el área. Solo le pido que mantenga la calma y así facilitará nuestro trabajo. Ahora, de prisa, venga conmigo.

Antes de retirarme, vi que Romina estaba siendo atendida por los rescatistas. Mi esposa lloraba sin consuelo, aun así me vio y nos despedimos con una mirada que irradiaba horror.

—Déjala, Álex, ellos la cuidaran. Vámonos —exclamó John.

Subí al vehículo que conducía John Patton y a gran velocidad emprendimos la marcha hacia el otro lado de la citada colina. John se mostraba muy solidario con mi tragedia. Sin embargo, a pesar de notarse su urgencia por resolver mi problema, parecía tener sus emociones bajo control, no siendo esa mi circunstancia en aquel momento. Resistiendo la torrencial lluvia llegamos al otro lado de la colina, al mismo tiempo que una serie de vehículos y personal de rescate. Observé una ambulancia, una máquina de bomberos y un par de botes inflables. El cuadro me aterraba y magnificaba mi dolor, que, vertiginosamente, se transmutaba en depresión. Un insoportable olor a tragedia invadía el sector. El aire viciado me producía náuseas, como también me agobiaban los resplandecientes colores de los vehículos de rescate, sus intimidantes luces giratorias y los llamativos uniformes del personal que asistía a la causa. Todo lo que veía me aterraba. Me negaba a admitir que semejante movimiento de maquinaria y personal humano se vinculaba a la desaparición de mi hija.

Muy apresurados nos acercamos a la zona. John explicaba a los demás rescatistas que yo era el padre de la niña que había caído al canal, e iría con ellos. Todos parecían advertir mi dolor, puesto que se apreciaba piedad en sus miradas. Pronto me ayudaron a subir a uno de los botes inflables. John también subió y se sentó junto a mí. Nos colocamos los respectivos chalecos salvavidas y nos dispusimos a introducirnos en el oscuro túnel desde donde emanaba un chorro de agua tan violento que el acceso en contra de su explosiva corriente parecía una tarea irrealizable. El conductor aceleró el motor del bote hasta parecer que iba a estallar. Entonces empezamos a avanzar.

CAPÍTULO 5

Mientras nos internábamos por el túnel, yo revisaba obsesionado cada rincón de ese horrendo lugar donde mi hija pudiese estar aún con vida. Distinguía las difusas murallas de la garganta cilíndrica, construidas con adoquines de granito, siglos atrás. Junto con uno de los rescatistas llamaba a Linda en voz alta y con insistencia. Otro de los compañeros alumbraba la caverna de forma minuciosa con una poderosa lámpara. Pero, mi inquietud crecía por momentos al advertir que nadie respondía a nuestros afligidos llamados. Además del ensordecedor ruido generado por el motor del bote, se escuchaba y se veía, entre la oscuridad interrumpida, el espantoso torrente de agua que fluía alrededor de nosotros, y que parecía que terminaría arrastrándonos como también habría arrastrado a mi hija.

Más adelante, tanto el túnel como el canal hacían un giro de sesenta grados hacia la derecha. El conductor del bote detuvo el avance, pero aún acelerando la embarcación en contra del torrente, para lograr mantenernos en el mismo punto. La lámpara alumbraba cada dudoso escondrijo de la tenebrosa esquina, semejante a la cueva de un legendario dragón. Yo continuaba llamando a mi hija a cada par de segundos que pasaba, aunque ya nadie más lo hacía. Los rescatistas se miraban entre ellos ante mis continuos y desconcertantes gritos. Entonces noté que murmuraban algo entre sí, y mortificado por la incertidumbre, percibí que nada bueno acontecía. No deseaba oír la opinión de los rescatistas, pero debía someterme:

—Señor, ya no hay nada más allá —dijo un rescatista—. Este canal nace lejos de aquí, y se abastece de aguas que provienen de numerosos desagües de los alrededores; esa abertura que usted ve ahí, es el drenaje por el cual penetró su hija, y, como puede ver, el agua que fluye por el mismo cae al canal. Entonces, por lógica, su hija debió de haber caído al canal en este espacio, y luego fue arrastrada por la corriente.

Observaba el diabólico drenaje y veía que por él se filtraba la luz de la calle, así como también había penetrado por su conducto el cuerpo de Linda media hora atrás. Con voz temblorosa y tratando de controlar mi emoción, dije:

—Señor, creo que mi hija aún podría estar arrimada a algún rincón de esta caverna. Creo que debemos continuar buscando aquí más meticulosamente.

—Señor —replicó el rescatista, que lucía extenuado—, hemos revisado cada rincón de este túnel y no hemos encontrado rastro de su hija. Este canal desemboca a un par de millas de aquí, en el sector sur de la bahía; creemos que la mejor opción es salir del túnel y buscar a su hija a través del canal hasta llegar a su desembocadura en la bahía; un helicóptero de rescate ya rastrea el canal de extremo a extremo, señor.

—Yo también creo que aquí ya no está tu pequeña, amigo —dijo John, en un acto de buena fe—. Debemos continuar la búsqueda a lo largo del canal pero fuera del túnel.

Quizás ni siquiera existía una mejor opción, y la desmoralización me poseía, pero por lo pronto no me rendiría, mientras existiese una remota posibilidad de rescatar a mi hija con vida continuaría mi obstinada lucha por encontrarla.

CAPÍTULO 6

Pronto fuimos expelidos desde lo que se asimilaba al interior de una gran anaconda amazónica. Más gente había llegado al exterior de la caverna: incluyendo el equipo del noticiero local. También distinguía policías, más rescatistas, y muchos civiles curiosos. Todos se protegían de la lluvia con paraguas y ropas especiales. Por alguna extraña razón, el helicóptero que debía estar rastreando el canal hasta su desembocadura se encontraba detenido cerca de la zona, mientras su piloto conversaba relajado junto a un par de rescatistas. Me acerqué a ellos y pregunté:

—Señor, soy el padre de la niña que cayó al canal. Comprendo que este helicóptero de rescate debería estar rastreando el área en busca de mi hija, ¿no es así?

—Señor, por ahora la búsqueda se ha detenido. Ya rastreamos el canal de extremo a extremo sin poder encontrar a su hija.

— ¿Pero, solo rastrearon el canal una vez? —pregunté confundido.

—Así es, señor.

—Con todo respeto, esto no me parece bien —dije sin poder contenerme—. Mi hija aún puede estar en algún rincón poco visible esperando ser rescatada; deben volver a inspeccionar a lo largo del canal, una excursión no es suficiente. Yo voy con ustedes en el próximo rastreo y les ayudo en lo que pueda, sin objeción yo les ayudo.

—Convengo con su inquietud, señor, pero para que nosotros podamos emprender una segunda excursión por el canal debe ser autorizada por el supervisor de seguridad de la ciudad. Es el tipo con impermeable gris que conversa con el reportero de las noticias locales, su nombre es Richard Torres.

Sin perder un segundo, me dirigí hacia él.

—Señor Torres, soy Álex Palermo, el padre de la niña que cayó al canal.

—Lamento este inmenso infortunio, señor Palermo, ¿Cómo puedo ayudarlo?

—Señor Torres, me he enterado que el helicóptero que debería estar buscando a mi hija se ha detenido. No entiendo el porqué. Sin duda creo que mi hija aún puede estar con vida en algún rincón poco visible en las inmediaciones del canal, esperando a ser rescatada. Solo le pido que autorice un segundo rastreo por el canal, yo coopero en lo que pueda, por favor señor Torr…

—Señor Palermo —me interrumpió el supervisor, insensible a mi desgracia—, ya rastreamos el canal de extremo a extremo, exponiendo a la tripulación del helicóptero a las peligrosas condiciones climáticas, y no hemos encontrado el cuerpo de su hija. Es evidente que la corriente del canal ha sumergido el cuerpo y este ha quedado atrapado en algún punto bajo el agua. Es posible que el mismo emerja en los próximos días, señor Palermo. No obstante, seguiremos buscando por agua por un tiempo más. Y, por cierto, no puedo autorizar otra excursión en helicóptero, puesto que tal acción carece de lógica.

El concepto "el cuerpo de mi hija" me atormentaba y me ofendía, pero en ese momento, no veía otra alternativa que no fuese humillarme ante el burócrata y mendigarle compasión.

—Señor Torres, por favor, señor, no creo que mi hija esté sumergida bajo el agua; creo que ella aún está con vida y espera a ser rescatada en algún lugar próximo al canal. Por favor, considere ese muy probable escenario, señor.

—Señor Palermo, seamos sensatos, hemos rastreado el interior del túnel. El helicóptero también rastreó el canal hasta su desembocadura y no encontramos indicios de su hija. Comprendo que se trata de un evento muy triste, sin embargo, lo más probable es que su hija no haya sobrevivido.

Aún llovía agresivamente. El panorama general y la intransigencia de este desalmado personaje intensificaron mi angustia, llevándome a la exasperación.

—¡No, no, no es así! ¡Mi hija aún puede estar con vida! ¡Debe autorizar un segundo rastreo por el canal! Yo pago los gastos; yo pago a la ciudad el costo de un segundo rastreo.

Tan pronto levanté la voz el burócrata me dio la espalda, dejando clara su retirada. La irrefutable indiferencia del inclemente patán me hizo enloquecer: de inmediato me crucé en su camino con actitud amenazante.

—¡Escúchame, burócrata de mierda! —exclamé indignado— ¡Mi hija puede estar con vida en un rincón de ese maldito canal, pero no te importa! ¡Te juro que pagarás por tu arrogancia!

Sin duda, el individuo percibió la ira de mi rostro, y quizás deducía que estaba próximo a actuar de forma impulsiva. Pero, de nuevo, antes de que imperara la irracionalidad, John intervenía.

— ¡Un momento, señores, no recurramos a la insensatez! Señor Torres, hace una hora que la hija de este hombre cayó al canal, seamos solidarios con su dolor. Por favor, autorice un segundo rastreo por aire a lo largo del canal; yo me responsabilizo por esta nueva excursión.

—Señor Patton, usted bien sabe que prolongar la búsqueda por aire en estas condiciones climáticas significa un riesgo para los tripulantes de la nave, además, es un gasto innecesario que proviene de los bolsillos de los contribuyentes.

— ¡Yo me responsabilizo por la nueva excursión, señor Torres!

De pronto, aunque de manera muy leve, el destino parecía favorecerme. John Patton no solo era el supervisor de una división de rescatistas locales, más bien era el jefe de operaciones de rescates regionales, y este piadoso individuo se compadecía de mi tragedia. Tan pronto como quitamos al burócrata del medio, nos dirigimos hacia el helicóptero estacionado. Luego, John instruyó al piloto de la nave y a sus hombres, y en pocos minutos despegamos.

CAPÍTULO 7

El ruido atronador que producía el motor del helicóptero al ascender reactivó mi latente pánico, pero me impuse sobre el mismo, y sin sospechar que lo peor aún estaba por acontecer, solo me concentraba en encontrar a mi hija.

El helicóptero volaba a baja altura y a poca velocidad. John iba sentado junto al piloto, y yo iba atrás con otros tres rescatistas. El viento y la lluvia azotaban con violencia las ventanas panorámicas de la nave, pero ese inconveniente no impedía que los seis tripulantes observáramos atentos el tenebroso torrente de agua sucia que arrastraba todo lo que se interponía en su paso. Yo escudriñaba cada espacio y arbusto existente a orillas del canal, y suplicaba con devoción a algún ser divino para que me concediese uno de esos sucesos llamados milagros, y que por efecto del mismo pudiese ver a mi hija aferrada a lo que fuese por sobrevivir. Pero, la nave había recorrido gran parte del curso del endemoniado afluente, y no se divisaba rastro de Linda.

Una vez más sentía terror; sentía ese aborrecible terror a la tragedia, que formaba un nudo rígido en mi estómago y magnificaba mi consternación. Sentía terror de perder a mi hija

Llegamos a la desembocadura del canal, que era más bien una gigante cloaca donde predominaba una espuma amarillenta asquerosa. Allí flotaban botellas de plástico, papeles y otros desperdicios. Desde el helicóptero, suspendido en el aire, revisábamos cada pie cuadrado del repugnante lugar, pero solo veíamos basura flotante. Más tarde, uno de los rescatistas hizo un ligero comentario que estremeció mis entrañas: algo inidentificable flotaba sobre la desembocadura. El helicóptero se mantenía sobre el área, pero por el momento nadie distinguía ese bulto diferente a todo lo demás que flotaba. El viento y la persistente lluvia no cesaban de azotar la nave, como también agitaban las aguas de la sucia desembocadura. Más vulnerable aún a las inclemencias parecía el cuerpo del rescatista que descendía enganchado a un cable, y oscilaba como el péndulo de un reloj, mientras procuraba alcanzar el desconocido objeto. Pronto, colgando del cordón umbilical que lo sostenía entre la vida y la muerte, el rescatista bajó hasta la superficie del agua y recogió el referido bulto, luego comenzó a ascender. Una vez más el miedo me invadía, solo anhelaba que el tiempo se detuviese de forma indefinida, al igual que la interminable roldana que enrollaba el cable que traía de regreso al rescatista y su hallazgo. No deseaba ver lo que el profesional traía consigo; y quizás tener que afrontar un horrible desenlace. Mientras este aún ascendía, alguien gritaba y revelaba su encuentro. Entonces me aventuré a mirar. De inmediato reconocí la mochilita Disney de color rosa. John y los demás me miraban con profunda compasión. Cuando Linda fue tragada por el drenaje, y tras advertir que la mochilita Disney ya no estaba adherida a nuestra hija, Romina y yo la soltamos, y el agua la arrastró a través de la cavidad del drenaje, como también había arrastrado a Linda. A poca altura, el helicóptero continuaba rastreando la desembocadura y sus alrededores. Tal vez, al encontrar la mochila los rescatistas conjeturaban que Linda podría estar cerca… pero sus persistentes intentos no producían tales resultados.

Un día de lluvia

CAPÍTULO 8

7 de julio del año 2009. Romina daba a luz a nuestra hija.

Después de seis años de agobiadora espera, Linda nació en contra de todo pronóstico. Un maravilloso evento que pareció ser una bendición. El parto se acercaba y la ansiedad me consumía; hasta el último segundo antes del nacimiento de mi hija, me negaba a creer que un ser con vida creado por nuestro amor se hallaba oculto dentro de mi esposa. Luego vi la primera imagen de algo que en ese instante no entendía qué era. Un circulito redondo y peludo apenas se asomaba: era la parte superior de la cabecita.

Minutos más tarde, el doctor sacaba con dificultad a ese ser del interior de mi esposa, que conjuntamente empujaba con fuerza y soportaba el inmenso dolor. Enseguida pude confirmar la veracidad de lo que hasta ese punto veía solo como una teoría: Romina estaba dando a luz a nuestra hija. Era una niña, era mi hija: un ser con pelitos erizados, que lloraba y rezongaba en forma de protesta hacia lo que acontecía. Un ser que se resistía a salir del furtivo y cómodo lugar que antes la protegía. Pronto, mi hija advirtió que regresar atrás ya no era una opción. Entonces decidió explorar y analizar su nuevo entorno. Recuerdo cuando Linda trataba de ver lo que aún no lograba ver con claridad e intentaba escuchar y comprender el bullicio a su alrededor. Luego, se me concedió el honor de cortar el cordón que la unía a su madre, e introduje así a mi hija al mundo. Desde entonces estuvimos unidos como un trío de tórtolas.

Recuerdo cuando Linda dormía en su cunita de bebé; cuando dio sus primeros pasitos;

su primer viaje a Disneyland; su primer día en el jardín infantil. También recuerdo el origen de su mochila: fue un regalo sorpresa en su último cumpleaños. Tras verla en el anuncio que la promocionaba Linda se embelesó con la misma, y la mencionaba una y otra vez: «La mochilita Disney color rosa». El día de su cumpleaños quitó frenética el papel que envolvía su regalo. Estaba tan feliz que no se separaría de ella por ninguna razón.

CAPÍTULO 9

— ¡Álex, debemos regresar, tenemos poco combustible! —dijo John.

Manteniéndonos a ras del canal, el helicóptero emprendió su regreso al lugar de partida. Mis ojos dolían por el constante trabajo que requería mirar por la ventana de la nave cada objeto que llamaba mi atención en esas aguas infernales. Habíamos encontrado la mochila de Linda, y la sujetaba sobre mis piernas. Pero, no esclarecíamos el principal misterio. Pasaban los minutos y empezaba a respirar de forma irregular. Por más profundo que inhalase el aire, aún parecía faltarme el oxígeno. El regreso sobre esa estampida antiestética de agua infectada me atormentaba. ¡Cómo detestaba ese inmundo canal, que se exhibía con sarcasmo ante mí y ante todos los que buscábamos a Linda! ¡Cómo detestaba su caudal, y a todos esos impúdicos arbustos que decoraban desagradablemente las orillas a su paso, y que ocultaban con cinismo su complicidad en la desaparición de mi hija! Parecía que en ese lluvioso día todo conspiraba en mi contra.

El helicóptero descendía, y en el lugar se veía menos personal de rescate. Quizás se había suspendido la búsqueda, y Linda había sido condenada. Antes de bajar de la nave le pregunté a John si continuaríamos buscando a mi hija. El noble individuo me respondió con gentileza:

—Álex, llueve mucho y la visibilidad es insuficiente, no creo que pueda convencer a Torres de acceder a otro rastreo.

—John, ¿es posible que al menos se envíe otro bote para rastrear una vez más el interior del túnel? Yo participo en la nueva excursión.

—Solo si logramos convencer a Richard Torres —reiteró John.

Apresurados nos dirigimos hacia Torres. El burócrata se disponía a retirarse, como otros de los aún presentes. John expuso su petición, pero Torres se opuso de manera terminante, utilizando como pretexto la severa condición climática y la exposición de los rescatistas al peligro que significaba. Así, esperando que la lluvia cesara, al día siguiente se continuaría con la búsqueda del cuerpo de mi hija. De nuevo el grosero sujeto se refería al cuerpo de mi hija, expresión que rebotaba en mi mente y me torturaba al aseverar que había perdido a Linda. En ese momento pude llegar a cometer una locura en contra de la intransigencia de ese gusano, a quien poco parecía importar la vida de mi hija. Pero, hice otro gran esfuerzo por controlar mi deteriorada salud mental, y un nuevo intento de persuadir al burócrata:

—Señor Torres, creo que todavía existe una posibilidad de encontrar a mi hija con vida en algún lugar cercano al canal; solo han pasado un par de horas desde el inicio de este trágico suceso. Por favor, señor Torres, le suplico que autorice un rastreo más hacia el interior del túnel. Por cierto que yo ayudaré, yo acompañaré a los rescatistas.

—Lo siento, señor Palermo, pero no puedo autorizar una nueva excursión. Se ha rastreado el canal una y otra vez, tanto por agua como por aire, y no hemos hallado el cuerpo de su hija. Ya le he expresado mi opinión al respecto, y por hoy debo suspender la búsqueda. Si la lluvia cesa continuaremos mañana.

Todavía creía poder encontrar a mi hija con vida, aunque fuera una posibilidad que muchos calificaran de remota. Tan solo exigía una excursión más hacia el interior del túnel, pero por la obstinación de aquel ente esa posibilidad parecía desvanecerse. Debido a ese último episodio de rechazo de parte del insensible haragán de la ciudad, no logré contener por más tiempo mi cólera. Recuerdo ver al maldito Torres revolcarse sobre el embarrado césped a cada patada que le propinaba en las costillas, y cada vez que blasfemaba en contra de su madre. Sin faltar, John intervino tratando de detenerme. De igual forma reaccionaron otros individuos que estaban en el área, pronto me encontraba sujeto por varias personas, incluyendo a un par de policías. Yo intentaba soltarme, sin éxito, mientras forcejeaba y seguía emitiendo gritos de impotencia y dolor:

— ¡Maldito burócrata! ¡Mi hija puede estar aun con vida en este maldito canal!

Ese día todo conspiraba en mi contra, incluso el personal de rescate. Por la fuerza, me doblegaban a su voluntad, y me impedían continuar con la búsqueda de mi hija, mientras yo mantenía mi lucha por librarme de ellos. Pero la contienda era desigual: yo estaba solo, y luchaba y gritaba contra todo lo existente, que en ese día conspiraba en mi contra.

— ¡Suéltenme! ¡Suéltenme! ¡Debo seguir buscando a mi hija! ¡Aún puede estar con vida! ¡Por favor, suéltenme!

Ellos no me soltarían, ni yo me rendiría. Hasta que un agudo pinchazo penetró en mi hombro y el efecto del sedante comenzó a debilitarme con rapidez. En pocos segundos no podía oponerme a mis captores. Apenas distinguía los resplandecientes colores de los vehículos de rescate, con sus intimidantes luces giratorias. Veía imágenes distorsionadas mirándome. Insignias, sombreros y paraguas que me asediaban. El brillo de los uniformes del personal que asistía a la causa me aletargaba. Alguien más sujetaba la mochilita Disney de Linda. Oía voces. Veía la lluvia, y donde esta se originaba: veía cada gota nacer en el interior de esas oscuras nubes similares a algodón contaminado, y seguía su recorrido hasta estallar con despotismo sobre mi cara, una tras otra, sin cesar, como un castigo perpetuo. Luego perdí la consciencia.

Víctor Rey

CAPÍTULO 10

Desperté quién sabe dónde. Estaba en un cuarto, tirado en una cama. De inmediato, me invadió el recuerdo de la tragedia. Deseaba que solo se tratase de una pesadilla, pero sabía que no era así, mi tragedia era real. Inevitablemente, la desesperación se volvía a apoderar de mí. Me levanté de la cama y me dirigí hacia la puerta de la habitación. Por la ventanilla de la puerta miré hacia el exterior, y entonces advertí que me encontraba en un hospital. Intenté abrir la puerta, pero estaba cerrada desde afuera. En ese momento una enfermera pasaba, golpeé impaciente el vidrio de la ventanilla para llamar su atención.

Ella me señaló que esperara, y más tarde un guardia armado abrió la puerta y me preguntó:

— ¿Puedo ayudarlo, señor?

—Señor, hoy mi hija ha sido víctima de un terrible infortunio. Quisiera saber si han recibido alguna noticia en referencia al accidente.

—Señor Palermo, yo también tengo hijos pequeños y créame que lamento este incidente con su hija. Hasta ahora no sabemos nada nuevo al respecto. Sin embargo, su esposa está mejor y también se recupera en este hospital. Primero déjeme explicarle acerca de su situación actual, señor Palermo. Usted ha sido acusado de agredir a un oficial de la ciudad, y por lo pronto he recibido órdenes de no permitir su salida de este complejo. No obstante, si usted se compromete a actuar con prudencia, yo lo puedo llevar a la habitación donde está su esposa.

Llegamos hasta la entrada de la habitación, y vi a Romina. Ella reposaba en una cama y parecía estar en estado de *shock*. Me apenaba verla así.

Nunca habría imaginado que nos tocaría sufrir semejante calamidad.

Antes de entrar a la habitación un bello recuerdo del pasado me detuvo.

Era el mes de agosto de 1983, y en la ciudad de Glendora, California, empezaba el primer año de enseñanza media en la escuela local. Yo tenía quince años. Había terminado la ceremonia de inicio del año escolar, y los alumnos ingresábamos a nuestras respectivas aulas. Luego, mientras organizaba mi pupitre, distinguí a una adolescente pelirroja que se destacaba entre las demás. Desde ese momento, su increíble garbo y belleza me cautivaron. La contemplé por horas y con insistencia, sin lograr entender cómo tanta perfección podía ser real. Pasaron los días y mi silenciosa obsesión por la bella pelirroja cobró más energía. Hasta que dos semanas después, y en respuesta a un proyecto escolar, debido a su mejor rendimiento académico la situaron próxima a mi pupitre como alumna tutora, privilegio que me acercó a ella.

Su nombre era Romina Schwartz. En un inicio, su absoluta indiferencia me afligía. Pero, pronto descubrí que su aparente desinterés y arrogancia juvenil respondían tanto a su timidez como a un afán por ocultar sus verdaderas emociones. Así, nuestra atracción se transformó en una relación. Desde entonces ambos debíamos actuar con total disimulo: yo en mi papel del rebelde con mi actitud sarcástica hacia cualquier forma de autoridad. Mientras Romina, por su parte, era la hija de Anthony Schwartz, un prestigioso militar condecorado en dos guerras y cuya presencia imponía respeto. Aun así, era tarde para evitar lo inevitable: A través de ese año escolar, nuestro amor echo raíces.

Cursamos los años restantes y ambos egresamos de la escuela. Mientras Romina ya tenía un plan determinado, yo aún caminaba en círculos, lo que preocupaba a mis queridos padres, Francesco y Liliana Palermo.

Mis padres manejaban un pequeño restaurante de comida italiana en la ciudad de Glendora. Ellos me amaban, pero las largas jornadas de trabajo exigidas por su negocio no les dejaban hacer nada más que confiar en el juicio de su único hijo. Pasó el tiempo, y de mutuo acuerdo con mis padres, me recluté para servir por seis años en las fuerzas armadas de mi nación. Fui asignado como reserva en el fuerte Pedelton, California. Cuatro años más tarde, tras desatarse la guerra del Golfo, fui enviado a Kuwait.

Dos años transcurrieron y regresé a mi hogar. Romina me esperó, pero tristemente, mis nuevos traumas y adicciones destruyeron nuestra relación. Tras sufrir una aguda crisis nerviosa debido a la ruptura, Romina logró sobreponerse a nuestro fracaso, obtuvo un diploma en bellas artes y progresó. Pero yo, no pude hacer lo mismo. Mientras Romina demostraba ser más fuerte y era acariciada por el éxito, yo deambulaba por las calles sin un rumbo definido, solo impulsado por mi adicción. Cinco años más pasaron, con la ayuda del centro de rehabilitación y tras enfrentarme con vehemencia a mis conflictos internos, pude superar muchos de ellos, pero no los espectros de la guerra que aún me acechaban.

Sobrio de nuevo, estudié un oficio, formé mi negocio y logré normalizar en gran parte mi vida. Así pasaron otro par de años, y al cumplir los treinta el destino me volvió a sorprender. Un día, un raro presentimiento me incitó a caminar por la avenida principal, la misma que antes solía frecuentar con Romina. Transitaba por la puerta frontal de los cines y me percaté de la presencia de Romina. Al parecer, había sido solo una coincidencia. Conversamos por horas y acordamos volver a vernos. Seguido a nuestro reencuentro, nos convencimos de que habíamos sido creados para estar juntos para siempre.

Después de ese ligero momento de reflexión, atravesé el umbral de la habitación. Romina me miró. La impactante expresión de su mirada explicaba el calvario que vivía. Ella solo deseaba saber de Linda, pero yo no podía responder a esa pregunta. La abracé y comenzamos a llorar. Llorábamos por nuestra hija, que ya no estaba con nosotros; llorábamos por la desdicha que nos fustigaba, y por no comprender la razón de su catastrófica presencia; llorábamos por haber sido abandonados por quien nos había protegido de manera tan magnífica durante tanto tiempo, pero solo hasta unas horas atrás; llorábamos porque todo lo que conocíamos por felicidad era tan solo un espejismo.

Víctor Rey

CAPÍTULO 11

El guardia me acompañó hasta el baño. Había recibido órdenes de vigilarme en todo momento, pero decidió concederme un lapso de privacidad y esperó afuera. Humedecí mi cara, miré mi rostro en el espejo y no me reconocí. El espejo reflejaba más bien la imagen de un alma atrapada en un maleficio arcaico tras haber estado sometida al martirio por siglos. No obstante, mi increíble metamorfosis era el resultado de solo unas horas de intensa consternación. Pensé en lo ocurrido y temí ser presa de otro ataque de pánico. Procuraba discernir con lógica, pero mi poderosa ansiedad se imponía. No deseaba permanecer en ese lugar hasta que alguien me informara del hallazgo del cuerpo sin vida de mi hija. Luego pensaba en las últimas palabras de Romina antes de retirarme de su habitación minutos atrás:

— ¿A quién le hemos hecho daño como para merecer esto, Álex?

Quizás Romina intuía algo. Ella sabía de mis traumas provenientes de la guerra, pero ignoraba los atroces hechos que los causaron. Tampoco sabía de los espectros que me mortificaban desde entonces.

Segundos antes de separarme del lado de Romina, pronunció un frágil susurro a mi oído implorándome lo que parecía imposible.

—Álex, sigue adelante y encuéntrala. Encuéntrala, Álex.

—La encontraré, Romina. La encontraré —respondí comprometido a las atormentadas súplicas de mi esposa.

Mi reloj marcaba las 12 de la noche. Diez horas atrás Linda había sido tragada por el drenaje de la calle. En un intento por respirar aire fresco, abrí la ventana del baño. Miré hacia el exterior y me enteré de que me hallaba en un segundo piso. Entonces descubrí una osada manera de salir de aquel lugar. Una cañería de desagüe se extendía verticalmente desde los pisos superiores del hospital hasta llegar al suelo de los estacionamientos. De forma muy favorable, la cañería pasaba a tan solo un pie de distancia de la ventana por la cual me asomaba. En pocos minutos, me deslizaba con precaución por la cañería hasta tocar tierra, y una vez más, estaba libre para actuar. Sin vehículo y sin saber dónde estaba el hospital, solo atiné a caminar rápido y alejarme del área; el guardia que me esperaba fuera del baño pronto se enteraría que había escapado.

La condenada lluvia aún no cesaba, y esta ahora operaba en complicidad con la oscuridad, pero indiferente a aquello trotaba por terrenos desnivelados entre piedras, charcos y arbustos. El silencio imperaba, solo oía la lluvia y mi respiración agitada mientras corría; también sentía los latidos estrepitosos de mi corazón mientras avanzaba estimulado por tan solo un ápice remanente de esperanza. Podía oler la esencia de mi abatido cuerpo; y ese aroma particular del ambiente que aborrecía. Crucé las afueras del recinto del hospital y llegué a una cima. Desde allí se veía una calle. Pocos vehículos transitaban por esa ruta a esa hora de la noche, pero minutos más tarde divisé un taxi.

Un día de lluvia

CAPÍTULO 12

—Comprendo, amigo, —dijo el conductor—. Pero no puedo cruzar hasta el mismo restaurante. La calle Presidio está cerrada por la tormenta. Lo puedo dejar cerca.

Tan pronto bajé del taxi continué mi resuelta caminata en la dirección que el chofer me había indicado. Estresado y empapado, caminaba calle arriba. Ni siquiera sabía por qué regresaba a ese lugar. Quizás solo deseaba estar cerca del sitio donde vi a mi hija con vida por última vez. Recorrí un par de cuadras y llegué a un área bohemia. Algunas personas comían en un local.

Un par de motocicletas estacionadas se exhibían a un extremo de la calle, y una pareja se besaba de manera efusiva en público. El exagerado volumen de una música rock de los años setenta se imponía en el sector.

Paseé por la entrada de un pub y un extraño magnetismo me indujo a detenerme y observar la fachada.

— ¿Qué buscas, hermano? —Alguien me preguntó.

Un individuo se protegía de la lluvia bajo una marquesina próxima a la entrada del pub. Parte de su cuerpo se fusionaba con la lluvia y la oscuridad.

—Algo que apacigüe mi dolor —repliqué.

El sujeto extrajo un frasquito de su bolsillo, lo destapó e introdujo una paletita en su interior. Luego la llevó hasta su nariz e inhaló enérgicamente el contenido. Una vez más, embutió la paletita en el frasquito, y me ofreció una dosis de su mercancía.

Sentí temor y vacilé hacia la ofrenda. Después de todo, las drogas habían sido la razón de mi desventura en el pasado. Pero el recuerdo de la reciente tragedia se impuso sobre mi resistencia e inhalé el polvo blanco.

Terminada la transacción, entré al pub. A diferencia del resto de los presentes, yo no buscaba diversión en el local. Me senté frente al barman, quien adivinó mi necesidad. Y entonces bebí.

Diversos personajes se distinguían entre la clientela del establecimiento: jóvenes, adultos, motociclistas y ejecutivos con trajes formales. También vi a algunos militares. Uno de ellos me observaba, parecía ser un oficial de mayor rango. La curiosidad me doblegó cuando el uniformado me hizo una inconfundible señal con su mano, invitándome a compartir su mesa. Acepté su invitación.

— ¿Cuál es tu nombre?

— Álex Palermo, señor.

— ¿El Golfo, 1991?

— Sí, señor.

— ¿Infantería?

—Sí, señor.

—Ya veo. ¿Y de dónde deriva tu dolor, Álex?

—Hoy he perdido a mi hija y no la puedo encontrar.

— ¡Santo Dios! ¿Qué ha sucedido?

—El militar escuchó con atención mi relato, y luego dijo:

—Estás viviendo algo horrible, Álex. Me pregunto el porqué.

—Yo tampoco conozco el porqué, señor.

—¿Has pedido perdón a tus víctimas, Álex? —preguntó el militar.

—No, señor, en realidad no lo he hecho.

—Creo que deberías pedir perdón a tus víctimas Àlex, y quizás podrías ser perdonado. Nosotros, los soldados de profesión, no podemos pedir perdón a nuestras víctimas. Hacerlo significaría una hipocresía, puesto que el mismo trabajo que nos permite alimentar a nuestras familias nos exige volver a pecar mañana. Los soldados de profesión no somos perdonados, y debemos pagar por nuestras acciones barbáricas hacia otros seres, así como vivir una vida asediada por remordimientos creados por los crímenes cometidos.

Más tarde, me despedí del paradójico militar y me dirigí al baño. Seguido a consumir más cocaína, regresé al bar y volví a sentarme frente al barman. Bebí hasta perder el poco juicio restante. Influenciado por mi trastorno, los estimulantes o por otra inexplicable razón, me acerqué hacia el centro del pub, donde algunas personas bailaban. Un grupo de gente alegre me invitó a bailar, traté de hacerlo, pero no lograba seguir el ritmo de la música. Solo daba

vueltas alrededor de mí mismo. Por un momento contemplé el cielo iluminado del local,
hasta sentirme encandilado, y tras volver a
convertirme en presa de la desesperación, de
forma impulsiva salí del tóxico recinto. No deseaba quedarme más tiempo en ese lugar ni
saturarme de su veneno.

CAPÍTULO 13

Aún llovía, pero no me importaba. Caminaba muy rápido, aunque no lo suficiente como para neutralizar mi inmensa impaciencia. Entonces comenzaba a correr. Corría cuesta arriba, mientras los estimulantes antes consumidos me ayudaban a seguir. Corría con eficiencia, pero solo hasta que lo presumible ocurriese

Llegué a la aborrecible plazoleta Presidio. A un lado se exhibía, con su perenne imagen satírica, el infame restaurante El Pelícano. Horas más tarde de ocurrida mi desgracia, la lluvia y la oscuridad no impedían que desde la condenada plazoleta todavía distinguiera una ambigua y deprimente vista de la impertérrita bahía de San Francisco. Una vez más, me encontraba en ese maldito rincón del planeta que odiaba como a ningún otro. Luego, una impetuosa necesidad de descargar mi irresistible resentimiento sobre el despiadado lugar, me incitó a actuar. Enardecido, empecé a arrojar piedras hacia las ventanas de los locales adyacentes a la plazoleta. Arrojaba piedras y rompía cristales por doquier, emitía gritos de frustración e insultaba a ese lugar por haberse tragado a mi hija y no dejarme rescatarla de sus entrañas. Minutos después, mi comportamiento bullicioso y vandálico atrajo a la policía. Dos patrullas policiales llegaron al sector. Cuatro policías descendieron de los vehículos, los que muy decididos caminaban hacia mí.

Los oficiales de la ley se protegían de la lluvia con capas amarillas. No así yo, que más bien parecía una nutria recién salida del agua. Los policías me ordenaron permanecer en el mismo lugar. Pero, por lo pronto, no pretendía someterme a su voluntad, y decidí caminar en dirección opuesta a ellos. Los uniformados reiteraron su orden enérgicamente, pero yo continué alejándome. Ante mi insubordinación, ellos corrieron hacia mí. Resuelto a eludirlos, también empecé a correr. Uno de los policías corrió muy rápido y logró sujetarme de un brazo, pero un ágil movimiento me permitió esquivar su acción, e indujo al uniformado a perder el equilibrio y darse un gran porrazo sobre el barroso terreno. Mas irritados por el reciente incidente, los policías me perseguían dispuestos a capturarme. Pero, como otra estrategia desesperada, me dirigí colina arriba.

Los policías se me acercaban con rapidez. Ascendía la colina y por episodios me camuflaba entre los arbustos; debía evitar ser descubierto por los oficiales y sus linternas. Luego escuchaba sus voces más abajo mientras se comunicaban por medio de sus radios. Deduje que por el momento no me alcanzarían, y en minutos llegué hasta la cima de la colina. Desde ese punto aún divisaba las luces de la ciudad y de los puentes. Veía el restaurante El Pelícano y la plazoleta Presidio con sus tenues luces callejeras. Más policías y vehículos policiales se aglomeraban junto a la plazoleta.

Un día de lluvia

CAPÍTULO 14

Me hallaba solo sobre aquella oscura colina, que ni siquiera era vagamente iluminada por
la luz de la luna, que había sido privada de estre-
narse esa noche debido a la inclemente tormenta. Observaba mí alrededor con profundo resen-
tímiento, y blasfemaba en contra de lo existente:

«¿Qué importa lo grandioso que sea el universo si ni siquiera existe justicia sobre un frag-
mento del mismo? ¿Qué importa su magnitud si
hasta su más pequeño rincón es fatídico e imper-
fecto, y desprovisto de alguna ley que regule su
enorme imperfección? ¿Dónde se encuentra ese

ser magnánimo que se supone que rige todo alrededor, y nos protege? ¿Dónde se encuentra cuando le imploramos misericordia y parece no escucharnos? ¿Será posible que se oculte detrás de esta mazamorra compuesta por basura cósmica, llamada universo? ¿O quizás ni siquiera existe? Más bien creo que nadie se oculta detrás de todo esto, y ya no me importa. Ya no me importa lo grandioso del universo y sus milenarias constelaciones de estrellas. Tampoco me importa si el mismo es o no infinito. Después de todo, es tan solo basura cósmica producto de la evolución, como también lo somos nosotros, y esta insubstancial reacción química, llamada vida, y sus consecuentes reacciones eléctricas, llamadas sentimientos, que nos generan tanto dolor como la electrocución. Nada sabemos porque nada hay, ni nada somos. Y este cruel desengaño, resultado de mi tragedia y mi enorme dolor, en parte me conforma. Ahora sé que nada es más grande que el amor que he sentido por mi hija ni que el dolor que me produce perderla, ni siquiera el universo y sus milenarias constelaciones de estrellas».

Veía que por la falda opuesta de la colina brotaba el espantoso canal que, al parecer, había arrastrado a Linda. Luego se escuchó un ensordecedor ruido, un helicóptero apareció, y el poderoso foco de la nave alumbró con intensidad el área proyectada. Entonces, con cautela comencé a descender la colina hacia el lado del canal, ocultándome cada vez que el rayo de luz se me hacercaba. Pronto llegué a la falda de la colina y me hallé en frente de la espeluznante boca del sombrío túnel en el que antes había penetrado con los rescatistas. Ese insensible lugar que encubría el misterio en torno a mi hija.

De repente, debido a una mínima desconcentración, el foco del helicóptero me descubrió. Atiné a introducirme en el túnel, pero su interior se veía oscuro e impenetrable. El helicóptero descendía un tanto, y desde un potente parlante un tripulante trató de persuadirme para que me entregara. Pero una vez más rechacé esa alternativa, y continué corriendo. Corría en sentido paralelo al canal, en dirección a la desembocadura en la bahía. En realidad, repetía la excursión de rescate realizada en helicóptero horas atrás. Corría a lo largo del mismo deprimente circuito, pero ahora sometido a una menesterosa condición: me desplazaba en la oscuridad, desamparado, empapado y guiado por mi asfixiante desesperación.

No obstante, aún corría, estimulado por la dosis de alcohol y drogas que había consumido. Corría de manera vertiginosa junto al canal, corría y gritaba influenciado por el rencor. Competía con el asqueroso torrente, y lo retaba a vencerme en esta carrera y a llevarme hasta donde quizás había llevado a mi hija. Lo retaba a correr hasta su desembocadura, donde su aterrante imagen felizmente dejaría de existir al ser devorada por el mar, y así regocijarme de placer al presenciar su dolorosa muerte, mientras la salmuera salvaje invadía su composición. Deseaba ver cómo el asqueroso torrente pagaba por su cobardía un precio similar al que mi hija quizás había pagado.

Llegué hasta la desembocadura. El helicóptero aún indagaba en los alrededores, y la poderosa luz proveniente de su foco se me hacercaba por momentos, pero no lo suficiente como para volver a descubrirme, no por lo pronto. La perpetua lluvia y la oscuridad obstaculizaban mi visibilidad, mientras procuraba distinguir algo que se destacase sobre la desembocadura y sus rincones colindantes, pero nada veía; nada que se asociara con mi hija, y menos aún me resignaba a creer que la encontraría en esa asquerosa cloaca. Tampoco aceptaba la cómoda hipótesis emitida por el patán de la ciudad, que descartaba toda esperanza, sumergiendo a Linda en la profundidad del canal.

Comencé a correr de regreso al túnel, y en poco tiempo estaba cerca de su entrada. No comprendía qué más buscaba en ese deplorable lugar. Ya ni siquiera podía correr. Me sentía exhausto, y no poseía otra dosis de droga ni alcohol para engañar a mí ser. Entonces lo inevitable ocurrió: una vez más, el foco del helicóptero me localizó.

Intenté ocultarme de la intensa luz que me exhibía, pero esta vez no fue posible, y la luz se me guía como si fuese mi sombra a todo lugar. Peor aún, más vehículos policiales y policías con perros impetuosos llegaron al sector. La voz que provenía desde el parlante del helicóptero me ordenaba reiteradas veces que me entregara, pero yo aún no estaba dispuesto a acceder a tal petición. Antes debía encontrar a mi hija, aunque fuese más allá de todo aquello, aunque tuviese que saltar al canal.

El foco del helicóptero no dejaba de alumbrarme, y los policías por tierra, con sus perros escandalosos, estaban cerca. Parecía atrapado. Los policías cruzaban hacia el otro lado del canal, trepando la colina sobre el túnel. Me capturarían en minutos. Pero mi irreprimible desesperación me indujo a descubrir otra inverosímil vía de escape.

CAPÍTULO 15

Junto a la pared interior del túnel, por el lado en el cual me ubicaba, se extendía un angosto paso, que permitía el acceso hacia dentro de la caverna. Antes de saltar al canal, y como única manera de eludir el arresto, opté por internarme por el angosto y peligroso paso de piedras. Dentro del túnel solo se apreciaba la oscuridad, apenas lograba ver por dónde pisar, excepto cuando era alumbrado de forma repentina por las descargas eléctricas de cada relámpago, o el foco del helicóptero iluminaba su entrada. A pesar de las adversidades y de mi innegable trastorno, con mucha precaución avancé un prolongado trecho.

Pero de nuevo el terror me invadía. Bien sabía que, mientras caminaba, en cualquier momento podía dar un mal paso y caer al canal. Además, con cada relámpago que alumbraba la caverna, percibía la presencia de algunos habitantes de la misma, al parecer, enormes ratas, que me mostraban sus dientes porque invadía su hostil territorio, o quizás porque yo suponía ser la cena de esa noche.

Aún oía el sonido de los truenos proveniente del exterior, como también las voces de los que me buscaban, pero con mayor intensidad se escuchaba el ruido producido por el torrente de agua que fluía con agresividad, junto a mí. El mismo que parecía esperarme, e invitarme a saltar a sus aguas. Quizás con buena fe. Quizás solo me ofrecía llevarme a donde mi hija estaba y así aliviar mi dolor. Sentía frío e inseguridad, pero continuaba avanzando. Más tarde, rendido por el cansancio, me detuve y me puse de rodillas. Luego, otro relámpago alumbró con más debilidad el interior de la caverna, y, junto con su insuficiente resplandor, se presentó una de esas recurrentes y siniestras visiones que desde entonces no me permitían vivir en paz. Visiones referentes a un ser cuyo perverso desenlace estaba vinculado a mi pasado. Una vez más veía la imagen del hombre X, y el recuerdo de un acontecimiento vivido durante la Guerra del Golfo se apoderó de mi mente.

Irak, 1991. Bajo las órdenes del Sargento Reed nos dirigíamos hacia Bagdad. Moisés me había delegado el control del vehículo blindado. Durante su travesía, el armatoste de infantería, con su peso de sesenta toneladas, aplastaba y detonaba las minas instaladas por las tropas de Saddam Hussein, antes de emprender su retirada de Kuwait. La tierra temblaba mientras nuestras máquinas masivas traspasaban el territorio enemigo. La batalla y su horror se extendían, y el caos se imponía. Las minas estallaban a nuestro paso, el fuego enemigo nos perturbaba y nuestro ataque los devastaba. Peor aún, el avance no se detendría hasta llegar a las puertas de Bagdad.

Entonces, las jerarquías iraquíes impusieron aberrantes órdenes sobre sus tropas: ningún soldado iraquí abandonará su puesto de defensa por razón alguna; todo soldado iraquí protegerá su territorio hasta la muerte. Por medio de agiles maniobras sincrónicas a nuestra marcha, soldados iraquíes escapaban de sus trincheras y se rendían, pero no todos gozaban de igual suerte, puesto que no nos detendríamos. Mi tarea se volvió más agobiante cuando me acercaba a una trinchera que mostraba movimiento en su interior. Enseguida me dirigí a mi superior:

— ¡Sargento Reed, veo movimiento en la trinchera en frente de nosotros, debo detenerme!

— ¡No nos detendremos! ¡Son las órdenes!

— ¡Sargento, pero...!

— ¡No nos detendremos, soldado!

Segundos antes de aplastar la trinchera, un soldado iraquí próximo a ser sepultado vivo trató de salir del terrible hueco que antes lo protegía. Tras apoyarse sobre la orilla de su trinchera, el frágil borde de arena se desmoronó y el soldado volvió a caer en su interior. Consciente de no tener más tiempo para salir del hoyo endemoniado, el desesperado soldado alzó su cuerpo y levantó sus brazos revelando su rendición. Por un segundo vacilé ante la última orden del sargento. Mi trémula pierna derecha, por acto reflejo, empezaba a retirarse del acelerador, pero un segundo grito de advertencia de mi superior ratificó la orden anterior, forzándome a seguir adelante. Mi última visión fue la expresión de pavor del soldado iraquí, segundos antes de conducir el vehículo blindado sobre él. Moisés, al percibir mi estado emocional, retomó el control del vehículo. El armatoste continuó su avance mientras yo me abalanzaba hacia la ventana trasera para comprobar el resultado de mi desalmada acción. Tristemente, con la mitad de su cuerpo aplastado fuera de su trinchera, vi al hombre X. Su cabeza, hombros y brazos eran una masa inidentificable.

Víctor Rey

CAPÍTULO 16

Todavía estaba arrodillado sobre el oscuro senderito cercano al aterrador canal, y lloraba. Entonces hice algo que, por una inexplicable razón, nunca antes había hecho:

«Solo obedecía órdenes, hombre X, y como resultado he sido víctima de la culpabilidad que me atormenta desde entonces. Me ha angustiado el no saber quién eras. Supongo que tenías esposa e hijos, que te esperaban, pero por mi atroz acción nunca regresaste a tu hogar. Hoy advierto el dolor que tu familia debió de sentir.

Te pido perdón, hombre X, como también a tu familia. Hoy, este día, que mi hija ha sido arrebatada de mis brazos, te pido sincero perdón. ¿Por qué no detuve el vehículo blindado? Podría solo haberlo detenido por un par de segundos y haberme enfrentado a las consecuencias de mi rebeldía, y, así, haber presenciado con felicidad cómo escapabas de tu sepulcro, pero no lo hice. Hoy quiero reparar el daño causado, hombre X. Sin pensarlo saltaría al canal si me lo pidieses. Solo una señal bastará, pero concédeme tu perdón, concédeme tu perdón por mi atroz acción. Solo obedecía órdenes, hombre X».

Un día de lluvia

CAPÍTULO 17

Gateaba en dirección al fondo del túnel, desde donde se filtraba una sutil luz. Me movía con cautela, a tientas. Solo mis manos me avisaban si había más sendero para seguir. Llegaba cerca del extremo del túnel, y la mínima luz que lo alumbraba no evitaba que la oscuridad aun reinara en ese punto. Y ahí permanecería hasta que mi ser fuese privado de existir, ahí moriría de frío, moriría de pena, o sería arrastrado por el canal. Ya no lucharía más; ya estaba cansado de luchar; y de sufrir. Después de todo, en ese lugar se había definido el destino de mi hija y también ahí se definiría el mío, aunque fuese por medio de mi autodestrucción. Lo siento por mis padres, quienes hicieron tanto por verme feliz. Lo siento por Romina, quien al igual que yo no se merecía semejante traición del destino. Me resignaba del todo y continuaba llorando. Mi extenuado cuerpo empezó a desplomarse sobre la angosta senda a orillas del canal, y me dormí para no despertar.

CAPÍTULO 18

Incluso dormido parecía que perdía la cordura. Oía el perturbador ruido generado por el torrente que fluía cerca de mí, y veía enormes ratas que me mostraban sus dientes. Escuchaba los espantosos gritos de Linda, mientras era arrastrada por el violento torrente de agua, y mientras todavía portaba, adherida a su espalda, la reluciente mochilita color rosa. Sin titubear salté al oscuro y frío afluente para socorrer a mi hija. Una vez más nadaba detrás de ella en un desesperado esfuerzo por rescatarla, y una vez más agarraba una de las pretinas de su mochilita, la que por nada en el mundo dejaría ir sin su dueña esta vez, aunque ambas me arrastraran más allá de lo comprensible. Contemplé una sucesión de vivencias de mi vida. Veía, por la ventanilla frontal del vehículo blindado, cómo avanzábamos por el desierto en dirección a Bagdad. Veía a Romina llorar, y también veía al hombre X. Este ya no vestía uniforme militar, ni su rostro expresaba pavor, sino que, parecía estar envuelto en una enigmática paz.

Un espasmo me despertó y, enseguida, mi obsesionada mente fue absorbida por el crudo pensamiento ligado a mi tragedia. Comprendí de nuevo que no se trataba de un sueño. Pero, ya no me sentía consternado.

— ¡Papi!

¡Oh, Dios! ¡La imagen de Linda siendo arrastrada por el agua era tan real! Si no fuese porque acababa de despertar, habría jurado que en realidad era ella, pero quizás mi dolencia se transformaba en esquizofrenia, y veía imágenes y escuchaba voces inexistentes.

Había dormido varias horas sobre ese místico y húmedo lugar. Todavía la oscuridad imperaba, pero pronto amanecería, y, por lógica, eso sería lo que la policía esperaba para arrestarme. Levanté la mitad de mi cuerpo y me senté sobre el sendero de piedras. Ya no se escuchaban los estallidos de los truenos, ni se veían los resplandores de los relámpagos. Al parecer, tampoco llovía. Ya no hacía frío, y a pesar que el torrente aún fluía a mi lado, su presencia ya no me aterraba. A poca distancia observé la frágil luz. Eran las luces de la calle Presidio, que en parte se filtraban por el hueco del drenaje que había tragado a mi hija. Nada más se apreciaba en el lugar, nada más que el ruido del caudal, y la mínima luz que se aventuraba por la abertura del drenaje. Después de un par de minutos, escuché su voz:

— ¡Papi!

«¡Oh, Dios! ¡Pero si es Linda, llamandome! No me lo estoy imaginando; he escuchado su voz con claridad, y parece estar muy cerca».

Quizás esa voz era parte del sueño, o mi dolencia que se transformaba en una enfermedad mental, aun así, llamaba a mi hija con insistencia:

— ¡Linda!, ¡Linda! Te escucho. ¿Dónde estás, hija? ¡Linda!, ¡Linda!

— ¡Papi!, ¡Papi!

Sobresaltado, pero sintiéndome respaldado por mi total convicción, gateaba hacia el lugar desde donde provenía la cercana voz. Me acerqué más y más, hasta llegar a ese sitio específico. Justo debajo del drenaje de la calle Presidio, tanteé con mi mano, y toqué algo.

— ¿Linda, hija, eres tú?

— ¡Papi!, te amo hasta las estrellas más brillantes del cielo cada noche.

Incluso si aquello fuese la prolongación de un sueño, o los síntomas de la locura que me conquistaba, era la sensación más hermosa que había experimentado en mi existencia. Fuese este lapso lo que fuese, solo deseaba permanecer atrapado en su encanto por el resto de mi eternidad.

Tocaba a este ser una y otra vez. Tocaba sus pier-
nitas, tocaba su pelo, sus brazos y su cara. Lo tocaba para ratificar la veracidad de mi increíble
hallazgo. Lo tocaba para convencerme de que la
magia que lo envolvía no se esfumaría ante mí. Y,
para confirmar definitivamente que en realidad
no se trataba de un sueño. Mi hija Linda estaba
conmigo. Había encontrado a mi hija. La levanté
del suelo y la senté sobre mis piernas. A pesar de
estar consciente no sentía los latidos de su corazón, ni detectaba calor remanente en su cuerpo,
pero pronto, la divina luz que se filtraba por el
hueco del drenaje de la calle Presidio me permitió
identificar su particular mirada. También reconocí su voz, y la composición física de su entume-
cido cuerpo. Entonces comencé a llorar. Lloraba
porque mi hija ya no estaba extraviada, lloraba
porque había ocurrido un milagro.

CAPÍTULO 19

Todo parecía ser un sueño, y la ambigüedad del ambiente me confundía. Pero creía entender lo ocurrido. Al parecer, el cuerpo de Linda había caído sobre el espacio existente entre el canal y el muro del túnel, en lugar de caer al torrente de agua. Sin embargo, horas atrás, con el equipo de rescate alumbramos y revisamos ese preciso punto una y otra vez, y nada advertimos... Creo que, tan solo había ocurrido un milagro.

Víctor Rey

EPÍLOGO

Al día siguiente, La tormenta había cesado, y un radiante sol y un cielo muy azul reaparecieron. Aprovechando las condiciones favorables, la búsqueda continuó. Horas más tarde la reportera local emitía un avance de una reciente noticia:

«Hoy, 16 de agosto, tras el cese del mal tiempo se retomaron las acciones de búsqueda de la niña que ayer fue tragada por un drenaje de una calle de la localidad, y luego arrastrada por un canal de desagüe. Gracias al arduo esfuerzo de los equipos de rescate, fueron localizados sobre las aguas de la bahía los cuerpos sin vida de la pequeña Linda Palermo, y el de su padre, Álex Palermo. Según una versión no oficial, después de la pérdida de su hija, el padre enloqueció y eludió su arresto internándose en el túnel por el cual fluía el canal que había arrastrado a su hija hasta la muerte. Se presume que la muerte de Álex Palermo pudo tratarse de un suicidio, o quizás fue víctima de un accidente debido a la peligrosidad que presenta el entorno del túnel. La madre y esposa de los fallecidos permanece abatida en un hospital de la región. En los próximos días se iniciarán los preparativos de los funerales de ambas víctimas».

Víctor Rey nació en Santiago de Chile y ha residido en Los Ángeles, California, los últimos cuarenta años. Es un amante del arte, de la literatura y de nuestra enigmática existencia. Ha realizado una serie de trabajos en diversas áreas y con diferentes características, pero muchos de ellos insatisfactorios espiritualmente. Hoy, como un vendedor de arte y padre de familia, también se dedica a la actividad que representa su mayor pasión: escribir, comenzando por esta bella novela, "Un día de lluvia", inspirada en un sueño casi consciente que pareció ser realidad, un sueño quizás premonitorio en algún aspecto, y que no sufrió distorsión alguna durante su curso, permitiendo esa extraña circunstancia recordar su trágico desarrollo de principio a fin. Después de esta, publicará una serie de novelas escritas a través del tiempo, para así, deleitar al público con un trabajo que ha costado años consumar.